멸종 미안족

문학연대 시선
01

최영철 시집

멸종

미안족

끊임없이 일어나는 상념들을 주무르며
혼자만의 시간을 지냈다

나의 시는 그 갈팡질팡의 상념들을 밑거름으로 숙성되었다

벼랑 끝 시간을 견디게 해준 시에 큰 빚을 졌다

고맙다, 시여
언제나 그랬듯 외롭고 가난한 것들의 넉넉한 말동무가 되어라

2021년 여름
최영철

차례

제1부

제2부

제3부

제1부

아흔아홉 밤의 만행
감미롭고도 고마운 형벌

봄봄

엊그제 몇 녀석
빠끔 문 열고 쫑알대더니
어젯밤 찬비가 두드려 깨운
남창 틈새
우르르 삐죽삐죽
얼굴 내밀었네
그 뒤 저만치
달려 나올 용기 없어
날름 혀 내밀어 보다
바람만 만지작거리고 있는
새싹 몇 하늘하늘

꽃이 꽃에게

보듬고 가야 할 사랑이 왜 이리 많으냐
미운 놈 칭얼대는 놈
토라져 저만큼 가고 있는 놈
몹쓸 사랑 오늘은 내가 다 데리고 가마
다음엔 얼싸안고 떨어지는 통꽃 말고
아주 오래 제 살가죽 찢으며 흩날리는
갈래꽃으로 만나자
갈래갈래 흩어진 캄캄한 낭하(廊下) 넘어
천지사방 어딘지 모를 곳까지 날아간
꽃잎, 꽃가루, 꽃바람
멀리 간 님을 향해 달려간
형형색색 향기로 만나자

새의 노래

너의 입술

그 붉은 잎에 이르러

다 말하고 갈 터이니

고개 떨구지 말고

기다려라 조금만 더

회초리 파도

바다가 종아리를 내리친다
십 리 밖 백 리 밖에서
이 소행 어찌 알았는지
천 리 밖 만 리 밖까지 나가
회초리를 구해 왔다
이놈, 이 몹쓸 놈
이른 새벽 철썩철썩
지구의 따귀를 때린다
오늘은 어제처럼 살지 마라
내일은 오늘처럼 살지 마라
그럼그럼 끄덕끄덕
막 나온 아침 해가 맞장구친다

오늘은 버릴 것이 없었습니다

말수 적은 전화라도 곁에 있어 주어 고맙다, 한 장 남은 달력 팔랑대는 며칠, 내 손을 잡고 놓아주지 않아 고맙다, 다 하지 못한 말들, 이리 오래 받아주어 고맙다, 입 열면 모처럼의 꼬드김에 넘어갈까 봐 입 앙다물고 잠자코 있어주어 고맙다, 허튼 짓거리 하나 안 하나 종일 귀 곤두세우고 나만 노려보고 있어 고맙다, 저기 저 아이들처럼 외로워 괴로워 못살겠다고 쉬지 않고 보채고 소리 지르고 부르르 몸 떨지 않아 고맙다, 내가 성가실까 봐 언제인지도 모르게 은근슬쩍 용건만 쑤셔넣고 달아나버려 고맙다, 정말 이게 마지막이라고 말해주지 않아 고맙다, 내일 또 올게, 울지 말고 내 꿈 꿔, 심심하면 이거나 먹어, 이 말만은 하지 않으려 했는데 다시는 못 볼지도 몰라, 주먹 쥐고 뻔한 대사 중얼거리며 허공에 하트를 그려 놓고 가지 않아 고맙다

그 시절 술맛이 제일 좋았네

야간통행금지가 있던 시절의 술맛이 제일로 좋았네 왕성했으나 감시의 눈이 번득였으므로 밀막걸리에 콩자반 안주가 전부였지만 주머니는 대체로 빈털터리였네 바삐 뛰어가는 사람들이 보였지만 어쩌려는 것인지 내 몸은 배짱 좋게도 밑 빠진 독처럼 자꾸만 아래로 가라앉고 있었네 말하진 않았지만 사실은 위로 붕붕 솟구치고 있었네 격론 도중 슬그머니 담장 귀퉁이 어둑한 소변기 앞에서 전열을 가다듬었지만 이미 논리의 가닥은 저만큼 뺑소니를 친 후였고 전세를 뒤집을 묘수는 얄미운 놈의 말꼬리나 잡고 와장창 술상을 뒤엎는 방법뿐이었네 호랑이 선생을 만난 듯 오줌은 자꾸 마렵고 그래도 온갖 잡설로 기세등등 해보다가 막차 끊어진 대로를 근심스레 바라보았네 몇 잔 개똥철학에 동의할 수 없다는 듯 밑천 다 떨어진 양은주전자가 볼멘소리로 탁자를 내리쳤고 통행금지 사이렌은 때마침 울려 퍼진 반가운 휴전 선언이었네 한 번도 시간을 맞추지 못한 고물 시계나 엉뚱한 곳에 밑줄 그은 책가방 같은 걸 저당잡힌 밤은 낮보다 훨씬 넓고 길어 살금살금 빠져 넘어갈 골목길이 여기저기 열려 있었네

1956년

박인환이 죽고 이중섭이 죽고 정신은 모더니티였고 몸은 리얼리티였던 한 시절이 밥 먹을 자격이 없다며 제 치부에 소금을 뿌리고 거식증에 정신분열에 시달린 한 시절이 죽고 박항섭이 가을을 그리고 껄렁한 아버지들을 그리고 박래현이 노점을 그리고 우아하게 밥벌이에 나선 아낙을 그리고 빗자루를 끼고 살며 첫새벽부터 바깥을 쓸던 이중섭이 죽고 세상이 왜 이리 너저분하냐며 세상의 밑그림을 쓸고 안심이 안 돼 자꾸 먼지 덮인 제 눈동자를 쓸어내던 이중섭이 죽고 그 빗질에 휩쓸려가지 않고 용케 구사일생 내가 태어나고 아무도 출생신고를 해주지 않아 여전히 저세상 아이로 이세상을 두리번거리며 한 해 또 한 해가 저물고 그럼 그럼 꼭 지금 출생신고를 할 것까지는 없다고 머리를 끄덕인 내가 윗목으로 기어 나와 뒤집기를 하고 그렇게 늦된 아이는 세상에 없는 이름으로 무럭무럭 자라고 태어나자마자 이미 세상에서 지워진 아이로 자라고 박인환 별 이중섭 별이 물고기자리 전갈자리 하나씩 그리며 다시 살아나고 며칠 밤낮 창공을 헤맨 내가 지쳐 포물선을 그리며 민둥산 저쪽으로 떨어지고 오두막 가난한 집 첫아이로 나고 나고 나고 나를 쫓던 나는 하늘 하늘 멀어지는 나를 물끄러미 쳐다보고 있고

너나너나너나너

나는 너의 고장
잘못 배달된 폐기물
거꾸로 돌아간 나사못
나 아닌 너 아닌
나 같은 너 보다
너 같은 나는 더욱 아닌
나와 너의 맞잡다 만
떨리는 빈손 낭떠러지
너의 실패 나의 낭패
관중이 다 빠져나간 세러머니
위험천만 아슬아슬 원격조정
너의 나를 나의 너를
한 구덩이에 버려야 할 밑닦이
다른 데로 너무 멀리 가버려
나의 네가 돌아올 수 없는 뜬구름
아무렇게나 끼워 맞춘 밑구멍
너의 내가 몇 점 남은 부스러기
헛도는 수레바퀴 돌돌
안개 위에 내갈긴 낙서

아무리 닦아도 오물이 지워지지 않아
엉망진창 두꺼운 무쇠 등판이 되고 만
나 아닌 너 아닌 나너나너너나너
얼굴만 홀쭉해지고 만 너희
아니 우리? 아니 낯선 배반?

멸종 미안족

뻔뻔스럽지 못한 죗값으로 누구는 다 말라빠진 밥을 먹고 오래도록 빈 밥그릇 핥고 그 빈 밥그릇도 처음 주인에게 돌려주어야 한다며 주위를 두리번거리고 그러고도 남에게 몹쓸 짓 한 것 같아 자꾸 호주머니 까뒤집어 보이고

그러다가 그것도 미안해 세 모녀 방문을 틀어막고 마지막 월세와 공과금과 장례비 머리말에 올려놓고 죽었다 자신들을 치울 집주인에게 미안하다 미안하다 두 번 세 번 절하고 밀린 외상값 꼽아보고 쓰레기 분리수거보다 몇 곱절 어려운 송장 치우는 내일 아침의 수고를 생각하며

미안 미안 썩지도 않고 떠돌아다닐 소문의 부스러기들이여 아무리 생각해도 다시 미안하다며 골목 한 번 말끔히 쓸고 아 미안 우리만 죽어서 정말 미안 살아서 죽어라 따라다니더니 죽어서도 찰떡궁합처럼 붙어 다닐 미안

그들은 이 땅에 온 마지막 미안 전령사 세상을 다 적시고도 남을 미안을 들고 내려왔으나 아무리 먹어도 배부르지 않고 아무리 뿌려도 번식되지 않는 미안은 거기서 그만 씨가 말라

버렸다 주렁주렁 열렸던 미안의 탐스런 열매

미안을 동네방네 뿌리고 다닌 그들 가족이 가고 나서 미안은 미안해서 얼굴을 들고 다닐 수 없었다 오직 하나 마지막으로 미안이라는 종자를 이 땅에 퍼트리기 위해 세상에 온 게 분명한 그들 가족이 죽고 미안족은 멸종되었다 이제 어디서 그 안타까운 눈빛을 만날까 미안 미안해 자꾸만 시선을 땅에 묻던 미안족의 멸종은 뻔뻔한 난장판 세상에 내린 징벌이었다

용서는 없다

그 아무것도 …용서하지 못할 …쥐도 새도 다 알아듣도록 …빗장을 풀어 놓고 …일사천리 방관해 …기어코 …깨금발로 쫓아가 뒤엉키고 싶은 …끝내 죽어주지 않는 …뻔뻔스러운 아흔아홉 밤의 만행 …용솟음친 근육은 저 황천길 …징검다리로 깔아 놓아라 …워낙 …촘촘해 발을 헛디딜 여지는 …손톱만큼도 없으니 …오호라 물샐틈없는 저주에 갇혀 …수수만 년 바람이 날 뜯어 먹도록 …그래야 겨우 …끝이 날 …참 산들산들 화창한 날의 …끊일 날 없는 …감미롭고도 고마운 형벌

반송에 가면 가능한 일

시장 횟집 가을전어 맛보러 갔다가 전어 동나 잡어 한 접시 시켜 놓고 있는 우리에게 먹다 먹다 다 못 먹어 그러니 괜찮으면 몇 젓가락 맛보라고 덜어주는 전어

벼르고 벼르다 큰맘 먹고 가족 외식 나왔을 젊은 부부 사이에 아이는 딴짓거리로 제 가족의 귀한 외식이 도둑맞는 줄도 모르고

우리는 천금과도 바꾸지 않을 이웃집 전어 몇 점을 무슨 꿀단지처럼 초장에 발라 먹었다 외식은 꿈도 못 꾸던 시절, 배 두드리며 식당 문 나오던 사람들을 부럽게 바라보던 초보 가장 시절이 생각났다

나중 나오며 그들이 앉았던 자리에 손을 넣어 보니 아직 바닥이 따뜻하다

* 반송: 부산 외곽의 자연마을. 1970년대를 전후하여 부산 도심의 철거민들이 많이 이주해 정착했다.

묵언

여러 날이 한꺼번에 아무 족적도 남기지 않고 사라졌다 기껏 웅얼거린 말이라곤 응, 아니, 그럴까, 그럴지도 모르지…, 아주 가끔 그렇구나, 글쎄, 응응…, 입을 닫으려니 오래전 내다버렸다고 안도한 후회들이 한숨 잘 자고 일어난 망령들처럼 기지개를 켠다 수수만 년이 지났어도 응 또는 아니오 라고만 말해야 하므로 아직 나는 깊은 수심의 보호 속에 있다 밤이 깊었지만 네 말을 알아들을 수 없는지 아직 당신은 불을 켜지 않고 등진 어둠만 토닥거리고 있다

코

널 어디 저만큼 비켜선 자리에 두지 않고 정중앙에 내세운 건 필시 네 못된 버르장머리를 고치고야 말겠다는 조물주의 용심이 작동한 탓이렷다 때 되면 쌓이는 불만투성이 코딱지가 그 증좌가 아니고 무엇이랴 참을 수 없는 지경이 되면 줄줄 강이 되어 흘러내리고 날 간질어 으랏차차 엣---치 분통을 터트리고야 마는 게 너의 취미란 걸 알아 느닷없이 폭발한 화산 부스러기 이웃 마을까지 불똥 튀길 때가 한두 번이 아니니 바로 위층에 사는 눈은 쌍심지를 켜고 그렇잖아도 심심해 주리 트는 아래층 입방아에 편할 날이 하루도 없었을 거야 그러고도 자숙의 기미는 없이 모든 길목에 코딱지를 숨겨 문이란 문을 죄다 틀어막아 버릴 때가 또 한두 번이 아니니 그럴 때 너의 콧등은 기세등등 번들거리지 간혹 어쩌다 이도 저도 마땅찮으면 내놓는 돌파구가 재채기라는 것도 난 알아 그걸 무마할 길이 없어 너의 콧대는 자꾸 오똑해졌을 테고 그래도 그렇지 어쩌자고 너의 자존심은 조금도 누그러지지 않고 언감생심 높아만 가는 거니 에에에에에에 엣---치, 긍정인지 부정인지 항복인지 선전포고인지 알 수 없는 괴성까지 내지르면서 말이야

시중가에 대한 견해

감자 한 박스 값이 자꾸자꾸 내려가 1만5천 원이 되었는데 앞집 할머니 죽으라고 2만5천 원 받으신다 받아야 한다고 우기신다

감자 마을에 왔다가 기념으로 한두 박스 사 간 사람들 생산지 직거래가 어떻게 동네 슈퍼보다 비싸냐고 이런 바가지가 어딨냐며 부르르 따지러 오고

아무리 생각해도 참을 수가 없었던지 순진한 촌이 덮어씌운 바가지에 분해 중형차 연료비에 도로비에 금쪽같은 시간 낭비하며 달려오고

할머니는 그렇게 받아도 남는 거 하나 없다며 굽은 허리로 맞받아 삿대질하시고 감자 한 알 키우는 게 그리 호락호락한 줄 아느냐고 한 번 더 삿대질하시고

아주 가끔 나같이 어리숙한 사람도 있어 꼬부랑 발고랑에 꼬부랑 할머니가 심고 북돋우고 풀 뽑고 캔 수고에 비하면 그것도 싸지 아무렴 그것도 싸지 고개를 끄덕이고

11월

다리 길어 좋겠네 우뚝 서기 좋겠네
몇 번 꼬꾸라지다 발딱 일어나
나란히 여기까지 왔으니
만천하에 내놓고 벌세우기 좋겠네
그중 하나 이제 곧 둥글게 몸 숙이며
어디 먼 데 굴러가기 좋겠네
어두워지는 길목에 걸어 놓은 두 개의 오라
낭창낭창 난 몰라 어서 지나가 버리기나 해
쭉 뻗은 가랑이 사이로 도망가기 좋겠네

밀물 또 썰물

모두 그만두라고 떼로 몰려와 손을 흔들었지만
그만둘 수 없는 피치 못할 사정이 있었을 거다
우렁우렁 읽고 시렁시렁 고치고
허엉허엉 지우고 그렁그렁 다시 쓰며
며칠 밤을 꼬박 새운 최후진술
그런 중에도 당신은 여러 곳에 줄을 대고
나에게 또 너에게 보낼
뭔가를 준비하고 있었던 거다
이제 그만둘까요 마지막 보따리를 쌀까요
저만큼 뒷짐지고 헛걸음질하며
어디선가 우연히 끼어든 훈풍을 붙잡고
아까 쓴 구절들 머뭇머뭇
손에 쥐어주고 있었던 거다
몇 줄 읽어 보기도 전에
깨알같이 적어 보낸 그것을
파도의 파도가
마구 흔들어 버린 것이었다

만추

뒷짐지고
가을 산 살핀 해
거웃 가득 붉은색
찍어 칠하고는
개울물에 아랫도리 씻는다
해의 거웃을 본
물의 낯빛이 달아올라
어머머머 머머머
줄행랑친다

길

인생이 달디달 때 술맛은 쓰고
인생이 쓰디쓸 때 술맛은 달았네
어느새 사랑에 취한 이에게 모든 길은 파묻혀 보이지 않아도
이윽고 사랑을 놓친 이에게 천지사방 모든 길이 망망대해였네
행여 묵직한 주머니를 넉넉한 여비라 생각지 말게나
그 바람에 바삐 가야 할 길 얼마나 멀고 무거워졌겠는가
먼저 길 떠난 이들이 모른 척 흘리고 간 여비가 차곡차곡 쌓여
저 멀고먼 협곡마다 반짝이고 있으니
나 이제 이 낯선 길 하나도 두렵지 않다네

제2부

아무도 버림받은 적 없는
광야에 남아 쓴다

나리꽃 필 때

첫사랑의 정체는 소매치기였어
말 한 마디 없이
나와 너의 순정만 훔쳐 달아났지
나 잠깐 혼절해 있는 사이
그걸 어디 멀리 내다버리러 간 줄 알았는데
이순(耳順) 어느 맑은 날
처음 수줍음 그대로 돌아와 있네

비

땅의 위급함을 알고 웅성웅성 하늘 광장에서 집회를 마친 구름이 한꺼번에 돌격하기로 의견을 모았으나 제 큰 몸으로 아래 것들을 다치게 할까 봐 흐린 장막을 펼쳐 놓고 사흘 낮밤 제 몸을 잘게 나누고 부순 뒤 그것도 모자라 또 사흘 낮밤 가장 물렁한 물이 되기를 기다려 지금 저렇게 앞다투어 달려오고 있는 것이다

타닥타닥 하늘과 땅이 이마를 부딪치며
자꾸만 얼싸안는 소리를 내고 있는 것이다

가을 달음산

가지고 온 푸른색을 투전판에 다 날려버린
주정뱅이 신세가 되고 말았습니다

술독이 오른 검붉은 얼굴로
건들건들 늙어가기가 쉽지 않았을 겁니다

저 보세요
뜨거워 앗 뜨거워, 얼굴 달아올라
고래고래 웃통 벗어던지고 있잖아요

차라리 추운 게 낫지
훌훌
훌훌

너무 큰 답안지

내게로 온 널 등 떠밀어 보내며 쓴다 금방 돌아서서 날 깨워 흔들어주어 쓴다 꼬집고 할퀴는 바람에 쓴다 태산같이 쌓인 파지 더미에 깔려 엉금엉금 뒤뚱뒤뚱 빛 하나 찾아 나오며 쓴다 어둑한 길 희미한 이정표 하나 있으려나 가슴 조이며 쓴다 아무 것 아무 짓도 아니라고 안심시켜 놓고 쓴다 몰래 일어나 기필코 추호도 이게 정답은 아닐 것이라 중얼대며 쓴다

산산조각 파편으로 흩어졌다가 다시 만나 웅얼웅얼 망각에 묻힐 것이라 쓴다 누구 본 사람 없으니 마음 모질게 먹지 말자고 다짐하며 쓴다 오랜만에 처음이자 마지막 함성이 자취도 없이 사라질 것이라 쓴다 그 뒤에 얼굴 숨긴 비보가 동승할 수도 있다는 전문가 견해를 붙여 쓴다 답안지가 너무 넓어 내가 쓴 답을 보지 못해도 어쩔 수 없는 일이라 다독이며 쓴다

가슴이 설레는 바람에 먹먹한 하늘 뚫릴 때까지 눈물 글썽이며 쓴다 한숨 자고 일어나 다시 보면 오리 궁둥이 뒤뚱뒤뚱 말더듬이 우물쭈물 기가 막혀 기가 차 저만치 내팽개치고

쓴다 아무도 닿지 못한 허허벌판 아무도 버림받은 적 없는 광야에 남아 쓴다 오리무중 우왕좌왕 머뭇머뭇 곧추 나아갈 길 하나 열리려나 쓴다

멀리서 볼 때 참 온화했으나 가까이 보니 계속 제 오장육부를 쥐어짜고 있었다는 걸 알겠다 다소곳 잠들지 않으려고 쉬지 않고 제 따귀를 철썩철썩 후려치고 있었다는 걸 알겠다

안녕 안녕

지금 바야흐로 무시무시 살벌 끔찍한 세상이 된 건, 그냥 가만 땅에 등 붙이고 살면 될 걸 마구 붕붕 솟구쳐 하늘을 넘보거나 수시로 땅굴 파 밑으로 내려갔기 때문이야, 여차여차 하늘 높은 줄 모르고 깊은 잠 빠진 밑바닥 긁고 파헤쳤기 때문이야, 나 원 참 글쎄 거기 뭐가 있다고, 혹시 거기 뭐가 있다 한들 하늘과 땅의 심기를 마구마구 뒤흔들 대단한 게 있을 리 만무한데, 하늘은 형형한 별들의 고향, 땅은 꼬물꼬물 바지런한 벌레들의 집, 그 울창 빽빽 원주민들 심기를 건드려 놓았으니 도무지 조금도 평탄할 수 없지, 눈 감고 잠시 생각 좀 해 봐, 높이 올라갈 수 있게 되면서 너와 난 하늘 한번 우러러보지 않게 되었고, 그러면서 급기야 하늘 같은 거 하늘쯤이야 일직선으로 찢으며 날아올랐고, 더 높은 하늘이 되려고 호시탐탐 기회를 엿보게 되었고, 어디 그뿐이겠어 하늘뿐 아니라 땅의 것들 모두 제 손에 넣어 보려고 작고 어리숙한 것들까지 싹둑싹둑 잘라버렸고, 지금 너희들 그 짓거리 하려고 궤도를 벗어난 지 한참 되었고, 자 그러니 이제 그만 내려와, 그리고 넌 어서 올라가, 두더지 짓 그만하고 헛날갯짓 멈추고, 이리 내려와 이리 올라와, 우리 다시 엎드려 절하자, 절하며 땅에 빌자 하늘에 빌자, 안녕 안녕 잘못했어요 다

신 그러지 않을 게요, 땅과 하늘은 먼저 납신 그대들 몫, 우린 넙죽넙죽 절하며 높고 먼 그대 우러르는 티끌만큼 작은 좀팽이 하수인

새똥 날다

그렇게 무수한 씨앗을 쪼아
울창한 숲을 만들고도
날아가며 내갈긴 똥 때문에
새의 몸은 가볍게 창공의 절반을 난다
오래 궁굴려 뱉어 놓은 하늘 정거장
거기 날개를 접고
홀씨 한 알 두 알
또 한 생을 시작한다

태풍이 왔다

오늘은 하늘과 땅이 오랜 부채관계 청산하느라
일 년에 한두 번 만나 대판 싸우는 날이다
이러지도 저러지도 못하고 누굴 편들 수도 없어
이불 덮어쓰고 숨죽인 채 가만히 있는데
구경꾼 없는 싸움 재미없다며
이리 번쩍 저리 번쩍 우르르 쾅
우레까지 보내 내 멱살 쥐고 흔든다

눈물의 이력

꽁꽁 언 갈증에 쫓겨 지난밤 바닥까지 다 긁어냈는데
해 뜨면 다시 강은 출렁였네 그게 범람해
나를 익사시킬까 봐 종일 저잣거리를 두리번
잠깐 누가 지나가며 간지럼 태우기만 해도
어깨 툭 건드리기만 해도 나는 펑펑 눈물을 쏟아낼
만반의 준비가 되어 있었네 익사하지 않으려면
눈물을 쏟아내야 하네 어떤 운 좋은 날 슬픔은
천지사방 가득해 나는 출렁출렁 그 물결 헤치며 놀았네
터진 수도관처럼 콸콸 이러다간 강이 되고 말지
바다가 되고 말지 걷잡을 수 없이 쏟아지던 소나기 눈물
그 좋았던 시절 눈물은 익사하지 않으려고 열어 놓은 수문
이제 눈물을 아껴야지 샘은 마르고 강은 흘러
바닥을 긁는 소리 그녀는 새 눈물 몇 방울 처방해 주었지만
그걸로는 턱없지 상부로 거슬러 가보자 눈물이 쏟아지게
그러면 그렇지 누가 높고 견고한 둑을 쌓아 놓았네
나는 멀리 내팽개친 연장을 불러들여 어젯밤 둑 밑동에
구멍을 내고 왔네 세월이 쌓아 올린 둑 넘어
이렇게 터진 봇물로 다시 왔네 괜찮아 내 눈물
낡은 멜로드라마 비 오는 밤 텅 빈 수레의 덜컹임

저 굽은 등짝에 금방 주르륵 또 한 삽 뒤집으면
콸콸 솟구치는 온천수 몇 드럼
얼어붙은 시궁창 샛길 다 녹이며 흘러가네
괜찮아 내 눈물 하얗게 얼어붙은 저 외등 아래
또 몇 방울 흐느끼는 어깨 위에 다시 뚝

흐린 후 맑음

넓은잎나무들이 줄창 빨아먹고 간
하늘 귀퉁이가 쭈글쭈글하다
후식을 찾던 바늘잎나무들이
콕콕콕 쪼아대자
어디서 그런 힘 나는지
하늘이 왁자지껄
새털구름 쫑쫑쫑

강 끝에서

아래로 파고들며
살자고 살아 보자고
너 자꾸 발버둥치고 있는 거지
네 발버둥에 떠밀려
강물은 저리 바삐
종종걸음 치고 있는 거지
바람은 저리 바삐
제 몸통 쓰러뜨리고 있는 거지
헝클어진 어깨 무작정 목말 타고
숨 넘어가는 소리 내지르고 있는 거지

민들레 홀씨 되어

이내 몸의 최종 목표는
철천지원수처럼 뿔뿔이 흩어져
어느 산천 바다에서도
다시는 만나지 않는 것이었어요
이모저모 좋은 자태 살피고 따를 겨를도 없이
나 좋다는 님 만나면 으와,
그 님의 바짓가랑이 붙잡고
절대로 절대로 놓지 않는 것이었어요

뱃살의 이유

무척 두둑해 보이지만 실속이 없을 확률이 높다
곧장 나아가지 않고 숨가쁜 것들 주저앉혀
주춤 슬금, 슬금 주춤, 우람한 성벽이 되었고
오합지졸 파다한 놀이판 한두 마디 훈수에
태산 같은 변명과 출창 이어진 흥이 되었다
본부로부터 벌써 제명 처리된 줄도 모르고
하마나 불러줄 발령장만 기다리는 중
덕지덕지 누적된 패잔병들의 합숙소
가끔 태평성대 삼아 두드리면
층층 누옥들이 부풀어 올라
맑은 종소리를 내기도 한다
조용히 들어 보라
둥글고 부드러운 허심(虛心)의 화락(和樂)

독거

나 하나로도 버겁습니다 내 눈물 닦아주기도 내 고혈 쥐어짜기도 식음을 전폐하고 울고 웃기도 울고 웃지도 않는 나 하나 달래주기도

내 따귀 후려치기도 내 대갈통 박살내기도 끈질기게 끈덕지게 날 미행하다 방구석 꼬리까지 따라온 그림자 깊고 검은 눈 틀어막기도

입은 하나여도 빠져나갈 구멍은 천 길 만 갈래, 밑을 열어 놓아도 우레처럼 쏟아지는 위를 틀어막아도 불가항력 폭죽처럼 터지는

울창 빽빽 독수공방 아무리 털어 넣어도 배만 고픈 야심입니다 먼지로 썰어 놓은 고요를 먹고 적막을 난산하기에도 밤은 짧고 낮은 더욱 짧습니다

6시에서 7시 사이

미안하다 길을 놓쳤다
멈추지 못했다 따라 걷기만 했다
아팠다 말하지 못했다
돌아섰다 네 생각뿐이었다
그때, 그날, 거기, 오직 처음이며 끝
너만 바라본 뜬구름
파도에 박살난 아우성
나만 후려치고 간 마른번개
끔찍해서 뻔뻔스레 멀리 엎드려
말해다오 용서하지 않아야 할 너
다 용서해버린 나
손사래 치며 비틀비틀
아주 좋았던 밤의 끝

편지

지금 쓰고 있는 편지가 멋져 보이면
글쎄 그따위 거 이제 그만 써야 한다는 암시
저 멀리 가버린 지난 생이 그리우면
글쎄 어두침침한 진로와 퇴로 그 어디
내팽개치고 온 너의 아우성이 시작되었다는 것
아무도 모르는 곳에 덮어 두었던 후회
허접쓰레기 사이로 얼굴 내밀고 있다는 것
새삼 가까스로 넘어온 진창의 기억을
아련한 군음식으로 되씹고 있다는 것
그래서 그리하여 더 이상 나아갈 곳 없이
지금 간절히 기다리는 그 무엇이 있다면
이윽고 벌써, 그날 거기 한눈팔고 있을 때
삼만삼천 번 나를 목 놓아 부르던
그를 내가 모른 척 지나쳐왔다는 징표
아무래도 그 사람 목소리 기억나지 않는 건
먼먼 다음 생에 먼저 당도해 내 이름 재잘거리던
그의 노래가 다하였다는 전갈
글쎄 점점 어두워지는 내 귀와 눈
이승에서 안면 튼 것들 하나 둘

저 먼 세상으로 떠나고 있다는 답신
아무리 소리쳐 불러도
그때 그것들은 영영 돌아오지 않아
마침내 이승고 이승이 텅 비게 되리라는 최후통첩

상현달이 하현달에게

우리는 처음부터 우리 안에 숨긴 반쪽 때문에
다른 것을 껴안아 볼 형편이 아니었습니다
그대는 상부를 숨기고 나는 하부를 숨긴 채
그대가 이리 기우뚱하면 나는 저리 기우뚱해
서로를 향해 비스듬 노 저어 간 조각배였습니다
내 허방을 그대 어스름이 품고
그대 날선 비수를 내 은둔이 거머쥐었습니다
그렇게 먼 먼 다음 생에 또 만나
내가 이리 기우뚱하면 그대가 저리 기우뚱해
이윽고 안에 숨긴 반쪽끼리 얼싸안고
수수만년 바퀴를 돌고 돌아
우리 하나의 둥근 달이 되어 있을 겁니다

제3부

그대 공덕으로 내 어두운 귀 뚫린다면

어느 그대 부음까지 알아듣고

바다 노래자랑

먼바다로부터 목청을 가다듬으며 달려온
이 분의 이 박자 파도가
흥얼흥얼 여음을 남기며 배경에 깔린다
여기까지 떠밀려 온 지구의 알리바이
얼른 뒷짐지며 모래알 속으로 숨는다
그사이 천지사방 몰려든 물방울 가객들
노래를 하나씩 꿰차고 달아난다
옥신각신 밀고 당기는 심사평
최종 점수를 집계하는 그새를 못 참고
썰물 따라 관중석이 텅 비었다

귀뚜라미 노래

저 멀리서 구워 배달된 바다 통구이
해안에 도열한 식객들이 물어뜯는다
숟가락이 국맛을 모르듯
혀가 국맛을 말하지 않듯
귀 씨들이 몰려와 말줄임표로
뚜라미 뚜라미 운다
뚜라미는 바다 건너 집 나간 귀 씨 집 자식
비뚤어진 자식새끼 두들겨 패고
돌아서서 내쉬는 구성진 한숨
뚜라미 뚜라미 밤바다 흰 잇몸
열렸다 닫히는 소리

한순간도 쉬지 않고 내 머리말까지 달려와
귀뚤귀뚤 귀 뚫리도록 날 불러준
이 하룻밤 그대 공덕으로 내 어두운 귀 뚫린다면
구석진 어느 그대 부음까지 알아듣고
종종걸음 대성통곡 문상 갈 수 있으리
낭랑한 목청 자지러지기 전
갈라지는 길목마다 멈춰 서서

그대 이름 원도 한도 없이 부르다
귀뚜르르 뚜르르 어스름 해 뜰 때
눈 비비며 슬며시 승천할 수도 있으리
귀뚤귀뚤 천지사방 더듬어
그대 노래의 진원까지 다다를 수도 있으리

강아지풀

이번 건 또 실패야
수수만년 공들여 써 온 답안을
누가 또 어지럽힌다
정답이라 우기는 풀들이
오래 창궐했다
그 틈새로
이건 어때?
쉴 새 없이 오답 처리된
새싹 하나
또 얼굴 내민다

말복

나무 그늘에 앉아
몇 밤 남지 않은 여름을
아구아구 파먹고 있는 사람들
머리 꼭대기 매미 몇 마리
처음엔 우렁차게
다음은 질박하게
나중엔 통사정으로
울고 있다
제발 그날 말긴
구성진 노래를 돌려 달라며
색색의 울음을 토하다가
안되면 한 철 노래에
반나절 일당이라도 달라며 통사정인데
빛진 것들은 저리 유유자적
부채질만 한가롭다

낙성대 단풍길에서

막 단장을 마친 잎 하나가
연지 곤지 곱게 칠한 새색시 하나가
이제부터 한 열흘 수천수만 바람을 희롱하며
제 이쁜 자태 뽐내야 할 잎 하나가
눈 어두워 더듬더듬 저를 보지 못하고 지나가는
내 어깨 위로 살포시 내려앉습니다
세상에 세상에나 나에게 먼저 보여주려고
하늘하늘 가야 할 길 다 젖혀 두고
스산한 내 마음의 빈터에 내려앉습니다
바람이 데리러 오기 전 그 잎 하나
내 가슴에 모셔놓고 애지중지 입 맞춥니다

강감찬 별이 하늘에서 무더기무더기
군사를 거느리고 내려옵니다
오늘의 병정들은 모두 낯빛이 불그레합니다
북쪽 오랑캐 무찌른 승전보 휘날리며
가지마다 내려앉아 몸 비비며
거나하게 축배를 들었습니다
울긋불긋 병사들 한 잔 두 잔 가을바람에

이리 비틀 저리 비틀 자리를 털고 일어납니다
산들산들 댕그르르 기웃기웃
제 가야 할 곳 찾느라 분주합니다
휴가 떠난 잎들로 텅 비어 버린 병영을
강감찬 별 혼자 지키고 섰습니다

* 낙성대: 고려 시대 문신이며 장군인 강감찬이 태어날 때 하늘에서 별이 떨어졌다고 하여 붙여진 지명. 서울 인헌동 일대에 사적공원이 조성되어 있다.

파리들

몇 줄 적어보려고 컴퓨터 앞에 앉은 내 주위로 파리들이 몰려든다 금방 시작한 문장 주위에 둘러앉아 너나없이 여기저기 짚고 뒤엎으며 훈수가 이어진다 이따위 걸 왜 쓰느냐고 버럭 호통을 치다가 이래도 모르겠냐고 귀 가까이 와서 일장 훈계다 여기저기 걷어차 보다가 왜앵왜앵 행간에 달라붙어 잔소리 늘어놓다가 이래 놓고 밥이 목구멍으로 넘어가느냐고 야단이다 참견은 자유지만 제대로 된 소리 하나 만들지 못하고 훈수나 두는 놈들, 제풀에 지쳐 또 다른 참견을 찾아 맹렬하게 오가다 금방 꼬꾸라질 목숨들, 너의 전생은 한번도 그냥 지나치지 않고 훈수로 날품 팔다가 그 죄로 오늘 여기 나의 빈곤을 만방에 알려야 하는 중책을 맡게 된 것, 더 이상 파리할 수 없는 경지까지 나를 몰아붙이고야 말, 저리 쉴 새 없이 외고 다녀도 수수만년 안에 끝나지 않을 너와 나의 부끄러운 고행

일광

여긴 천지사방 곳곳에서 모여든
햇살 두령들의 총회장이다
동에서도 오고 남에서도 오고
체력단련 끝내고 모여든 반짝 고수들
우렁우렁 뙤약볕 안면이 훤하다
구름 꼬임에 넘어가 일사천리 달아났던 놈들
해를 등지고 어둠을 틈타
응달에 숨어 허튼 짓 게으름 피우다
북으로 서로 유배 갔던 놈들
일광 바다가 쫓아가 데리고 왔다
해 볼 낯 없다며 수그린 저 빈 수평선
日光이 종종걸음 달려나가 반기고 있다
괜찮아 다 괜찮아
이 따스한 햇살이 모두 용서했다며
움츠린 등을 쓰다듬어주고 있다

* 일광: 부산시 기장군 일광면 바닷가 마을

봉천동 밥집

서른 즈음 명륜동 골목 끝집 방 빌려 서툰 서울살이 할 때 끼니때보다 먼저 그렇게 배고프더니 예순 너머 봉천동 고개 세든 딸네 집에 세든 우리 부부의 서울살이 끼니때보다 늘 먼저 배고프다 자꾸 배고픈 건 오래 못 본 식솔들 그립다는 것 그리워하는 빈 밥그릇 어르고 달래다 힘 다 빠졌다는 것 언제쯤 밥 먹나 주린 속 냉수 한 사발로 달래던 열두 살 무렵 저 먼 남쪽 도시 뒷골목 생각하다 기웃 넘어가는 해를 따라 무작정 두어 정거장 걸어 봉천동 혼밥 먹는 사람들 사이에 섞여 허기를 달랜다 양푼이 비빔밥 삼천팔백 원 엄한 규칙이라도 되는 양 밥과 찬은 얼마든지 더 갖다 먹으라는 찬모의 말에 메마른 세상 건너오며 부실해진 다리 근육에 힘이 실린다 역사는 남자의 몫이었으나 깨우고 밥 먹여 역사를 돌린 것은 온전히 여자의 몫이었으니 혼자된 노인과 집 떠나온 젊은이 등 두드려 보낸 것은 오늘 역시 더운 김 피어오르는 이 조촐한 밥상이다 수십 년 만에 만난 이산가족인 양 겸상을 이룬 젊고 늙은 남자들의 분주한 젓가락질이 쉬지 않고 이어진다

어느 부부의 쌍방과실

한밤 불길한 꿈에 깨어
이런저런 상념에 잠 못 드는데
때맞추어 든든한 파수병이 달려왔다
삼지창을 앞세운 호위
호각보다 우렁찬 아내의 코골이
좀 전까지 내가 거기 서 있었을 것이니
물 샐 틈 없는 2인 1조 교대근무가 철통같다
경찰차의 경계 사이렌보다 집요하게
코골이는 우렁찼다가 매서웠다가
이번에는 곱게 타일러 보낼 양인지
자분자분 은근슬쩍 설득조가 되기도 하였다
남남이 만나 이렇게 서로를 코골이로 호위하며
밤의 복병들을 무찌르고 왔으니
무엇이 두렵고 누가 감히 범접하겠는가

가을의 퇴고

들판 가득
한 편의 교향악이 완성되었다
봄 여름 재잘재잘 뿌려 놓은 음표들
마감 앞둔 새들의 퇴고가 한창이다
멀리서 초빙된 능란한 고수들
모나고 무딘 악상 쪼아대는 바쁜 날갯짓
나가 보니 금방 다 지우고
텅 빈 오선지만 남았다

슬픔을 녹이는 법

팔빵 두 개를 사 들고 와 문을 걸어 잠궜다
단 것은 쓰디쓴 날에 대한 보상이자 격려
그 어디 숨겨온 참회는
오래 혼자 씹어야 맛있다
아픈 약 후의 사탕처럼 슬픈 과거가
재빠르게 달려나와 소화된다
동강낸 미련들 필요 이상으로 오래 궁글려라
마지막 눈물 한 주먹
주르륵 달려나와
너의 메마른 가슴을 후려칠 것이니
소문 듣고 달려온 침을 미끄럼 타며
몇백 배 부풀려진 유언비어들로
칠흑 같은 성을 쌓고
강이 마르기를 기다려라
잠자코

이 풍진 세상을 만났으니

이때쯤 풍비박산하는 건 조상님 음덕입니다 휘적휘적 빈손 저으며 흥얼거린 콧노래, 울창빽빽 나무들의 야유 섞인 박수갈채, 먼먼 꼭대기 갈던 정거장까지 왔으니 펑크 나고 박살나 뒤집혀도 환호할 일입니다

다음 다음 차가 오지 않아도 가야 할 길 천 길 만 갈래 흩어졌다는 재난방송이 이어져도 거기 주저앉아 땅을 치며 박장대소할 일입니다 육갑하며 기분 좋게 엉엉 춤이나 추어보다가 허물어지는 내 어깨 토닥이며 서럽지 않을 일입니다 끝끝내 따라오며 붙드는 것들 있어 아무리 간질여도 웃지 않는 것들 있어 묵묵부답 철통 갈던 방어벽 불타는 걸 보며 신바람 날 일입니다 시종일관 근엄한 담벼락들 자다 일어나 이중삼중 에워싼 두꺼운 어둠을 깨려고 마구마구 날라리 춤을 출 일입니다 무척 아무 끄떡 없는 아침이 오고 울적하면 겨드랑이까지 혓바닥을 늘어뜨려 간질이는 게 하루 일이 되어도 보람찬 일입니다 이상하게도 벽은 더 두꺼워지고 나는 더 빼빼 말라버려 스르르 그 자리에 주저앉고 있어도 용서되는 일입니다 나날이 물렁해져서 나날이 요염해진 발가락을 연인처럼 빨다가 잠든 밤이 와도 하루가 다르게 단단해진 내 골통 까부수는 새벽이 와도 자물쇠만 꽉 붙잡고 있으면 되는 일입

니다 등 돌린 지 오래된 벽을 수천수만 쥐어박아도 빙그레 웃음만 나와도 아무 죄가 되지 않을 일입니다 고려 때 나를 신라 때 내가 들쳐 업고 돌부처가 된 너까지 들쳐 업고 고려장 간 내가 드디어 결승점을 통과하고 있어도 문만 열지 않으면 평화는 보장된 것입니다 구부정한 햇살의 어깨를 향해 침을 뱉기만 하면 만사 오케이 막이 내려가고 이윽고 먼 처음처럼 암전되는 게 하나도 서럽지 않은 저녁입니다

김광석을 듣는 밤

사막에서 너무 외로워 나는 뒷걸음질로 걸었네

누군가가 나를 향해 뚜벅뚜벅 걸어오는 것을 보고 싶었네

그렇지만 나를 만나러 온 나는

점점 나로부터 멀어지기만 하였네

울창 빽빽한 모래의 숲에 움푹 팬 빈 발자국만 남긴 채

어둠이 나의 발치까지 내려와 나의 길이 되어주었네

사막이라는 정글에서 따 낸 수북한 적막을 쌓아 올려

떨어져도 다치지 않을 낭떠러지 길을 만들었네

종착역 근처

오래 전 한 깨달음 얻은 그 사람 망자 앞에 문상하며
덩실덩실 춤췄다 하나 나의 도는 그에 미치지 못해
돌아서서 빙그레 웃을 뿐이네 아 이제 그대는
살기 위해 고개 숙이고 헛웃음 날리고
죽기 위해 지랄발광 술상 뒤집지 않아도 될 터
그리워 목말라 울부짖고 아닌 척 근엄하게
먼 산 바라보지 않아도 될 터
탄생에 환호하고 여기를 떠나 새 행장 챙기기 바쁜
여행자 앞에 목 놓아 통곡하지 않아도 될 터
한평생 내 그림자로 동행하며 다음 여정 설계해 준
고마운 이 저승사자 손을 뿌리치지 않아도 될 터
지옥이라도 그보다 더한 천국이라도
아 이번이 이 어리석은 암행의 종착역일 수만 있다면
그것으로 족하다고 말할 수도 있으리
굳이 그런 사족 달지 않아도 아무렇지 않을 수 있으리

시는 어디서 오는가

서른한 살에 죽은 슈베르트는
슬픔만이 예술이라고 했네
그렇지 아무렴 점점 그렇게
슬픔만이 시가 되네
기쁨은 보나마나 깊은 한숨의 마중물
잠시 가지고 놀다 싫증날 잔챙이
어디론가 자취 없이 사라질 헛웃음 껄껄
저 철없는 개울물 따라 남실남실 춤추다
어느새 간 곳 없다네
걸음걸음 돌부리에 걸려
온데 긁히고 조각날 피멍투성이
벌벌벌 떨고 있지만 어디서도 불러주지 않아
시리고 차가워진 절망만이 통곡만이
어두컴컴 헛웃음만이 시가 되네
희망 같은 건 한 잔 술의 헤픈 안줏감
오래 씹고 깨물어야 진액이 우러나는
억하심정 근심만이 시가 되네
대성통곡 넘쳐넘쳐 소요를 이룬 성난 길을 벗어나
한 방울 두 방울 적적막막 고요가 홍수에 이른 눈물

끝내 흘러 망망대해 이르고야 말

여리고 작았으나 무궁무진 마르지 않을

뜨거운 눈물이 솟구쳐 시가 되네

아흔아홉 개의 정류소를 지나

나는 살아 있고, 나는 충분히 젊어 보았고, 아버지는 출발하셨고, 나는 그 정류소에 그대로 서 있고, 배터리가 거의 다 닳았고, 내려야지 내려야지 다짐만 하다가 아버지는 먼저 출발하셨고, 이미 예순 번의 정류소를 놓쳤고, 어쩌면 급히 지나쳤고, 어쩌면 조는 척 눈을 감고 있었고, 나는, 드디어, 마침내, 반백이고, 구부정해졌고, 가팔라졌고, 헉헉거리고 있고, 그때 그 정류소 앞에 그대로 서 있고, 번쩍거리고 있고, 눈물이 나오지 않아 엉엉 소리 내어 울고 있고, 이따금 발을 동동 구르며 저편 고갯길을 바라보고 있고, 온다던 막차는 언젠가, 벌써, 눈 깜빡일 사이, 가버린 거 같고, 칼칼한 첫차는 십중팔구 그냥 지나친 거 같고, 꿈결인 듯 단숨에 횅하니 지나간 방금 그게 막차였던 거 같고, 막차를 가장한 첫차였던 거 같고, 으름장만 놓고 영영 출발하지 않은 막차였던 거 같고, 어떡하나 인사도 못했는데, 손을 흔들어주지도 못했는데, 그게, 영영, 다시는, 아니 올, 막차였던 거 같고, 다시는 손들어 불러 세울 필요가 없어진 첫차였던 거 같고, 어떡하나 이를 악물고 조는 척 지나쳐야 할 막차였던 거 같고

배호 생각

안개 낀 광장을 걸어 나가던 깡마른 사내의 마지막 산책

한 소절 또 한 소절, 긴 들숨 짧은 날숨

유언처럼 찍어 두고 간 우묵한 선율

어둑한 모퉁이 길을 돌아 아릿한 무지개로 떴네

봄밤에 쓰는 사전장례의향서

이제부터 그 어떤 인위적인 연명조치도 사절이네

죽음이란 고단한 삶을 덮어주는 솜이불 같은 것 오래 망설여 도착한 손님 앞에 절대 눈물짓지 마시게 고통과 번민에서 벗어나 모처럼의 휴가 즐기고 있으니

빈소가 크고 번잡하지 않았으면 하네 그만하면 못다 한 이야기 나누기에 부족함 없으니 부의금 부디 사절이네 이렇다 할 유산이 없을 것이니 미안하고도 다행한 일 쥐꼬리만 한 저작료 수입 생기거든 여름밤 날 잡아 외로운 벗들 막걸리 파티나 열어 주시게

너무 버거운 걸 지고 왔으니 가장 헐한 나무관에 입던 옷이면 족하네 해진 육신의 늙은 오장육부 쓸 만한 게 있거든 어여 훨훨 벗어주시게 그래야 나 콧노래 흥얼거리며 먼 길 떠날 수 있으리 남은 가죽일랑 불꽃에 놓아주시게 한 줌 재가 남거든 저 먼 허공까지 날 데려다 줄 새가 쪼아 먹을 몇 톨 밥알이었으면 하네

이제 막 피어난 꽃송이 주렁주렁 앞세우지도 말게 그 또한 막 물오른 섬섬옥수의 가혹한 순장 아니던가 허방만 짚은 한 생 반추하느라 적적할 틈 없을 것이니 오만 잡스런 죄로 포박당해 끌려간 매년 이 날이 혹여 생각나거든 잠자코 먼 북망이나 한번 바라봐 주시게

칠칠한 길을 히죽이 웃으며 지나간 우둔한 사내였으니 망각에 들어 비로소 자유를 얻을 것이네 부디 그대 기억 속에 나를 가두지 말기를 그리하여 그때도 생전 처음인 듯 봄이 그대 삽짝 밖에 당도해 있기를

모처럼 볕살 따스하거든 그린내여
한 생을 마냥 주저하다가 끝내 하지 못한 몇 마디 중얼거림이라 여겨 주시게

허허벌판에 길 잃은

외롭고 스산한 길이었으나 가도 가도 끝이 보이지 않는 길이어서 좋았다. 동전 몇 푼 딸랑거리는 호주머니에 손을 찔러넣고 그쪽으로 가면 안 된다고 만류하는 길을 자꾸만 갔다.

시의 길은, 이리로 가야 한다거나 이쯤에서는 속력을 내고 저 모퉁이에서는 숨을 죽이며 사방을 잘 살펴야 한다는 식의 지침 따위가 없어 좋았다.

종잡을 수 없는 낯선 갈림길에서 길을 잃고 울고 있었지만 누가 와서 눈물을 닦아주거나 등을 토닥여 주지 않아 좋았다. 이리로 가면 아무리 가봐야 길 같은 건 나오지 않는다고 귀띔해주는 이가 더러 있었으나 그런 핀잔이 나의 고집에 두 손 두 발 들고 온데간데없어서 좋았다.

태어날 때부터 교정이 되지 않는 약시였다. 맨 앞자리에 앉아도 선생님의 판서를 받아적지 못했다. 때문에 수업 중에 엉뚱한 생각을 하며 놀았다. 수업은 늘 한 귀로 듣고 한 귀로 흘렸다. 필기를 하지 않는다고 호되게 매를 맞은 기억이 여러 번이다.

끊임없이 일어나는 상념들을 주무르며 혼자만의 시간을 지냈다. 견디는 방편으로 썼다. 수북한 파지가 남았지만 파지와 상념이 공존하던 시공간이 나의 요새였다. 비밀 요새는 다른 이가 함부로 들어올 수 없었지만 차차 내가 빠져나갈 수 없는 수렁이 되었다.

시간은 참으로 느리게 갔다. 시가 말동무를 해주지 않았다면, 수시로 이것 보라며 은근히 또는 다급하게 찔러주지 않았다면, 나는 벌써 이세상 사람이 아니었을 것이다.

나의 시는 그 갈팡질팡을 밑거름으로 숙성되었다. 그것을 놓치지 않으려고 정작 필요한 것들을 못 보고 지나쳤을 것이나 대신 많은 사람들이 하찮게 여기고 지나쳐버린 것들을 볼 수 있었다.

장래 희망 같은 것, 애써서 힘껏 하고 싶은 게 잘 떠오르지 않던 차에, 시로써는 얻을 것도 잃을 것도 없어 좋았다. 이게 무슨 이야기냐고, 도대체 말이 되는 소리냐고 따지는 이가 없어 좋았다. 가끔, 더러 의도하지 않았던 내 무의식의 의중을 읽어주는 눈 밝은 이가 있어 좋았다. 가난과 번민만으로도 한참 뜨거울 수 있어 좋았다. 그래도 무엇인가에 미쳐 무엇인가를 열심히 하고 있다는 자의식을 안겨주어 좋았다.

시가 되지 않는 어설픈 글을 학생 잡지 독자 문예에 투고하던 시절부터 잡는다면 나의 시 쓰기는 이제 반백 년에 이른다. 심약하고 두서없고 미래에 대한 이렇다 할 비전도 없이 나는 세상이라는 허허벌판에 길 잃은 미아로 살았다. 막막하고 막연한, 생각보다 길고 험한 시간이었다.

열다섯 무렵, 남 보기엔 아무 이유 없는 가출이었다. 며칠 주린 배를 안고 계속 걸었다. 정신을 차렸을 때 견고한 석고붕대에 사지가 묶여 있었다. 질주하던 군용 지프에 치인 것이었다. 그 지경에 이르러서야 어렴풋이 내가 해야 할 일을 알게 되었다. 그 벼랑 끝 시간을 견디게 해준 시에 큰 빚을 졌다.

미안하다, 시여. 네가 말해주고 간 걸 제대로 받아적지 못하고 내 시름에 겨워 내 흥에 들떠 너를 더 힘껏 바투 쥐지 못했다.

고맙다, 시여. 언제나 그랬듯 외롭고 가난한 것들의 넉넉한 말동무가 되어라. 따가운 햇살 아래 구슬땀 흘리는 것들의 산들바람이 되어라.

최영철

1956년, 해가 가장 짧은 동짓날 경남 창녕군 남지읍에서 태어나 부산에서 성장했다. 이십대 초반부터 또래들과 시 동인지를 내고 1984년 무크 《지평》《현실시각》 등에 시를 발표하였으며 1986년 한국일보 신춘문예에 시가 당선되어 본격적인 작품활동을 시작했다.
〈시와 인간〉〈시힘〉 동인으로 활동하고 부산예술대 강사와 부산외국어대 겸임교수로 출강했다. 문학전문지 《도요문학무크》《시사사》《발견》《22세기문학》《시평》《문학과경계》《문학지평》의 편집위원으로 참여했고, 한국문화예술위원회 제1기 문학위원으로 활동했다.
백석문학상 · 최계락문학상 · 이형기문학상을 수상했고 시집 『금정산을 보냈다』가 부산시민들이 뽑은 '원북원부산' 도서에 선정되었다.

시집 『아직도 쭈그리고 앉은 사람이 있다』, 『가족사진』, 『홀로 가는 맹인 악사』, 『야성은 빛나다』, 『일광욕하는 가구』, 『개망초가 쥐꼬리망초에게』, 『그림자 호수』, 『호루라기』, 『엉겅퀴』, 『찔러본다』, 『금정산을 보냈다』, 『돌돌』, 『말라간다 날아간다 흩어진다』
산문집 『우리 앞에 문이 있다』, 『나들이 부산』, 『동백꽃, 붉고 시린 눈물』, 『변방의 즐거움』, 『우유부단은 힘이 세다』, 『시로부터』
성장소설 『나비야 청산 가자』, 『어중씨 이야기』

문학연대 시선 01
멸종 미안족

초판1쇄 2021년 6월 21일

지은이 최영철
펴낸이 정용숙
펴낸곳 ㈜문학연대

출판등록 2020년 8월 4일(제 406-2020-000088호)
주소 경기도 파주시 헤이리마을길 24, 2층
전화 031-942-1179
팩스 031-949-1176

ISBN 979-11-6630-076-9(03810)

만든이들 편집공방, 허정인, 변영은